zezão castro

é mestre em Cultura e Identidade, jornalista formado pela Universidade Federal da Bahia (Ufba), diretor, roteirista de cinema, produtor fonográfico e cordelista. Nasceu em Itabuna, em 27/03/75, mas foi criado em Camacã, local onde viu, pela primeira vez, um cordel, na maletinha de Grilo Corretor, ainda na infância. Na 8ª série, em Itabuna, escutou a professora de educação artística, Genny Xavier, declamar um cordel de Minelvino Francisco Silva, impressionando-se com a narrativa rimada e metrificada. Em 2006, já atuando como jornalista no jornal A Tarde, em Salvador, saiu com uma pauta sobre o Carnaval e escreveu a notícia em estilo cordelino. Daí pros "livrinhos", a partir de 2008, foi um pulo. Hoje já são 17 títulos publicados, além do livro, *A Jovem Guarda na Bahia*, fruto de sua tese de mestrado.

100 ANOS DA SEMANA DE 22

O VERSO E O REVERSO, O ANTES E O DEPOIS

zezão castro

editora Urutau
primeira edição
2021

○ —

editora Urutau

avenida peirao besada, 6 – 2D
36163 poio-pontevedra
(espanha)

rua maestro demétrio kipman, 210,
jardim américa, bragança paulista — sp,
brasil
12902-130

[+55] 11 94859 2426 [brasil]
[+34] 644 951 354 [galiza]

www.editoraurutau.com.br
contato@editoraurutau.com.br

[EDITORES]
debora ribeiro rendelli
[REVISÃO]
gabriel galbiatti
[COORDENAÇÃO GRÁFICA]
tiago fabris rendelli
[PROJETO GRÁFICO]
wladimir vaz
[DIAGRAMAÇÃO]
victor h. azevedo
[CAPA]
victor h. azevedo sobre xilogravura de ernst ludwig kirchner

dados internacionais de catalogação na publicação (CIP) de acordo com ISBD

castro, zezão
C355c 100 anos da semana de 22: o verso e o reverso, o antes e o depois / zezão castro. - bragança paulista : urutau, 2021. 64 p. ; 14cm x 19,5cm.

ISBN 978-65-5900-152-1

1. literatura brasileira. 2. poesia. 3. cordel. I. título.

2021-3687 CDD 869.1
CDU 821.134.3(81)-1

elaborado por vagner rodolfo da silva - CRB-8/9410

sumário

APRESENTAÇÃO

Peço licença aos leitores
Manda o costume, pois,
Que é pra falar de Semana
De Arte de 22
Um marco do modernismo
Rompendo com o formalismo
Mudando o que vem depois

Com a poética afiada
A inspiração comanda
Faça de conta que estamos
Sob o luar, na varanda
Folhas farfalhando ao vento
E a viola, no momento,
Segue guiando a demanda

Foi um encontro ufanista
Exagerado e utópico
Valorização do índio
Anarquismo é outro tópico
Linguagem coloquial
Pro povo entender legal
O tom cultural dos trópicos

Pros jovens já não é moda
Mais velhos não lembram bem
Mas sua contribuição
Segue, ainda, muito além
Até hoje cai a ficha
Tem gente que até se lixa
Não quero julgar ninguém

O legado está presente
Hoje tudo se mistura
Guitarras tocando samba
Cinema, sons e pinturas
Antes tudo era engessado
Padrão europeizado:
Poema, prosa, escultura

Influenciou artes plásticas
Teatro e literatura
Foi um divisor de águas
Eis a verdade segura
Um grito existencialista
Que tinha um tom anarquista
O seu eco ainda perdura

Havia uma tentativa
De reestruturar o país
Não só politicamente
Mas com as artes de raiz
Que eram bem escanteadas
Mas foram retrabalhadas
Gerando nova matriz

Chocar o povo, provocar
Outras formas de sentir
Ver, ouvir e apreciar
Curtindo um novo fruir
Sem ter academicismo
Nem tradicionalismo
Ou normas a se seguir

Apresentação teatral
Recital de poesia
Pintura, escultura, música
E palestra nos três dias
Estética inovadora
Ou arte renovadora
Com um quê de psicodelia

Os artistas descendiam
Maioria de oligarcas
Estudavam na Europa
Nas curtições e nas barcas
No Brasil, café e gado
Prêles gastarem um bocado
A grana do patriarca

100 anos de Independência
Celebrou-se nesse ano
No Rio, o rádio inicia
Sem existir nenhum plano
A São Paulo cultural
Entre o café e o metal
Vicejava, em contraplano

Aristóteles defendia
Que a arte imita a vida
E espelha a realidade
Sendo assim, definida
Fique, Ari, com esse espelhismo
Que o bonde do modernismo
Tá fora dessa medida!

No Nordeste, já existia
Cordéis de aventura, amores
Não escalaram expoentes
Do time dos trovadores
Por isso, modestamente,
A Semana num repente
Narrarei com bastidores

CAPÍTULO I – ANTECEDENTES DA SEMANA DE ARTE MODERNA DE 1922

Esse marco identitário
E também o seu contexto
É bom que se entenda logo
Pra ninguém boiar no texto
Teve sangue antes das artes
Vou contar em várias partes
100 anos é o pretexto

Antes de haver esse encontro
E seu apogeu de glória
Há um caldeirão cultural
São Paulo e sua história
De luso, afro, imigrantes
E índios que viviam antes
Uma vida mais simplória

O nome: São Paulo de
Piratininga, primeiro
A data da fundação:
25 de janeiro
De quinze, cinquenta e quatro (1554)
Numa colina no alto
Vendo-se o planalto inteiro

O Colégio Jesuíta
Se inaugura nesse dia
Que era a data de São Paulo
E Anchieta na homilia
Falou de Deus, da Coroa
Para os índios, numa boa,
Doze padres lá havia

Era um barracão de taipa
Nativos andavam ali
Entre o Rio Anhangabaú
E o Tamanduateí
Na atual Rua Boa Vista
Tá o colégio, não resista
Ao histórico fruir

Nesse tempo, um português
João Ramalho estava cá
Casou com Bartira, a filha
Do chefe Tibiriçá
Este, o cacique primeiro
Que Anchieta, bem ligeiro
Cuidou de catequizar

Onde hoje ergueu-se Sampa
Foi solo dos guaianases
De tupis e carijós
Que foram perdendo as bases
Uma parte escorraçada
A outra aculturada
Por Nóbrega e seus rapazes

São Vicente, então, já era
A mais velha em primazia
Pois foi lá que Martim Afonso
Fundou a capitania
Trouxe escravos, plantou cana
E num litoral bacana
Edificou moradias

As rotas do interior
Pra São Paulo convergiam
De tropa (ou de trem mais tarde)
As mercadorias iam
Desciam a Serra Geral
Rumo a Santos, litoral
E de lá, então, partiam

Mas o Marquês de Cascais
Donatário e maioral
Em dezesseis, oito, um (1681)
Deu logo a voz pra geral:
"Não vai ser mais São Vicente!
Vai ser em São Paulo, gente
Nossa nova capital!"

Nove anos depois disso
Ouro nas Minas Gerais
Na futura Cuiabá
E no futuro Goiás
Bandeirantes com moral
No Brasil e em Portugal
Enchendo os cofres reais

Quase todo explorador
Tinha origem portuguesa
Intitulados colonos
Se diziam a nobreza
Assim eram os bandeirantes:
Uma gente escravizante
Súdita de Vossa Alteza

Tinha Amaral, Penteado
Leme, Botelho e Vergueiro
Dias, Cunha e os Bueno
Andrade, Cunha e Cordeiro
Aguiar, Raposo, Machado
Velho, Godói e Furtado
Pompeu, Camargo e Monteiro

São célebres Fernão Dias
E o temível Borba Gato
O Domingos Jorge Velho
Era o cão dentro do mato!
Bartolomeu, o Anhanguera
Raposo Tavares era
Um guerreador, de fato

Expandiram as fronteiras
Do Brasil colonial
Cruzam a linha de Tordesilhas
Criando muito arraial
Queriam diamantes, ouro
Vestidos em grosso couro
Com uma tropa colossal

As bandeiras tinham sempre
Capital particular
As entradas, por sua vez,
O Estado a financiar
Pra africanos não tinham cobres
É mais barato índios (pobres)
Domar e escravizar

As expedições saíam
Pra encarar adversidades
Às vezes, partiam 300
Morria mais da metade
Pela envenenada flecha
Que os nativos pelas brechas
Atiravam à vontade

As onças, de vez em quando,
Matavam a dente e *zunhada*
Não distinguiam negão
Índio ou tez esbranquiçada
Mas também caiam na bala
E sua pele na sala
Ficava dependurada

Mosquitos infectavam
Tendo o mínimo contato
Causando estranhas doenças
Muitos morriam no mato
Mas diamantes achavam
Grandes pepitas tiravam
Pobres do anonimato

Esse impulso exploratório
De São Paulo em muitas milhas
Criou caminhos, cidades
A pólvora era a cartilha
Expandindo-se as fronteiras
Também deixando caveiras
E cruzes junto da trilha

Aldeias aniquiladas
Quilombos despedaçados
Direto pro cativeiro
Quem era capturado:
Índios, negros não são gente
O pensamento corrente
El Rey tinha autorizado!

E a miscigenação
De todo modo se dava
Em matas, senzalas, casas
Branco, índio, negro, escrava
Fosse com violência ou sem
Em nome de Deus, amém!
Pros brancos nada pegava

E foi assim que surgiram
As misturas musicais
Isso em todos os rincões
De São Paulo, meu rapaz!
Afro, índio e português
Fandangos, cateretês
Festa-de-Reis e outros mais

Figureiras e Divino
Bonecos-de-rua, catira
Sambas-de-bumbo e as modas
Cururu, viola caipira
Moçambique e tinha congo
Cosme e Damião e jongo
'Inda hoje se admira

Tudo isso era apartado
Dos salões do fazendeiro
Onde quadros, roupas, músicas
Imitavam o estrangeiro
Famílias se articulavam
Pra ver se os filhos casavam
E juntavam seus dinheiros

Quando o ouro rareou
Fim do XVIII já era
Começou o ciclo da cana
(Que com o álcool ainda prospera)
O açúcar descia pra Santos
Exportado pra outros cantos
E muita riqueza gera

Tempos depois, gado e cana
Ficaram meio de lado
Os caroços da Abissínia
Finalmente, tinham chegado
Era o famoso café
Plantado de pé em pé
Achou solo apropriado

Foi trazido da Guiana
Francesa pro Grão-Pará
De lá trouxeram as sementes
Pros paulistas *inrricá*
É a mudança radical
No fluxo do capital
Que não parou de jorrar

No Vale do Paraíba
Meados do XIX
Em Vassouras e no entorno
O café entrou *in love*
O caro ficou barato
Com um novo baronato
Que a si próprio promove

Na capital da província
Já rolava a ostentação
Palacetes na Paulista
Roupas, dinheiro na mão
Cabarés com quengas gringas
Uísque ao invés de pinga
Dolce vita de barão

Além dos italianos
Também alemães, franceses
Espanhóis, os da Polônia
Do Japão e os libaneses
Querendo a sorte atrevida
Procurando melhor vida
Na cidade ou camponeses

A Itália dominou
Vindos de todos os cantos
Muitos embarcavam em Gênova
E desembarcavam em Santos
Até dois meses no mar
Muito a fim de superar
Financeiro desencanto

A miséria italiana
Principalmente no Norte
Pobreza, imposto no milho
Leite e carne era uma sorte
Na terra não dava nada
Infértil e também gelada
Pro Brasil meu passaporte!

Lunardelli, Vico, Viti
Briglia, Amato e os Crepaldi
Landi, Massa, Barrichello
Pace, Serra, Fittipaldi
Milano, Morin, Morini
Gianni, Gobbi, Alberghini
Testa, Strada, e os Grimaldi

Bruni, Lanci, Lando, Lanza
Luna, Magno, Manzi, Ponti
Donni, Guidi, Marra, Valle
Sisco, Verdi, Tosi, Conti
Donatti e Bongiovanni
Ferreti e Castelani
Além da *famiglia* Monti

Com a proibição do tráfico
Braços começam a faltar
Lei do Sexagenário
E do Ventre Livre já
Reduziam a mão-de-obra
Chamar gringo era a manobra
Pra lavoura não parar

Quando houve a abolição
Da nefasta escravatura
Grande massa de ex-escravos
(Essa é a verdade pura)
Saíram dos cafezais
Pras cidades e arraiais
Encarando a vida dura

O Governo preferiu
Dar terra aos italianos
Ou então pros alemães
Mais café, era esse o plano
Negros foram preteridos
Só brancos eram escolhidos
Mafiaram os africanos

A música seguia as modas
Que da Europa chegavam
Cantos de missa em latim
Que os nativos decoravam
E nos cravos e violinos
Padres ensinam aos meninos
Que até maestros viravam

Já no pós-Independência
(Posso afirmar sem risco)
Vieram os cursos jurídicos
Do Largo de São Francisco
Formando os bacharéis
Com seus vistosos anéis
Na capital do chuvisco

Veio o tempo da República
O modelo era o francês
Belle Epóque da garoa
Com vestuário burguês
Árias italianas
Pras famílias paulistanas
Era a música da vez

O próprio Municipal
Segue o Ópera de Paris
Foi inaugurado em 11
Um dos tops do país
Ornado com luz elétrica
Sua arquitetura eclética
Foi pra todos chamariz

CAPÍTULO II – AS VANGUARDAS EUROPÉIAS

O mundo tava fervendo
Antes da 1ª Guerra
Novos fazeres artísticos:
(França, Alemanha, Inglaterra)
Expressionismo, cubismo
Surrealismo, futurismo
Dadaísmo ninguém erra

Os artistas da Semana
Também tiveram contato
Fazendo adaptações
Cada um dando seu trato
Vendo na academia
Ou então na boemia
Discutindo esses baratos

Já em 1900
O expressionismo alemão:
Valia mais o sentir
Que a mera observação
Enfim, o mundo interior
E a própria alma do autor
Sangrava sua expressão

Em seus temas: solidão
Visão trágica do ser
A angústia e o fantástico
Do diabólico viver...
Peito rasgado sem finta
E carregado nas tintas
Na expressão do sofrer

1907
Na França surgiu o cubismo:
Fragmentar a realidade
Com humor e ilogismo
Geométricas propostas
Sugerindo outras respostas
Rompendo com o classicismo

Pablo Picasso, por certo,
Foi seu maior expoente
Punha sempre aresta em tudo:
Paisagem, objetos, gente
Recompondo de outra forma
Tudo que dizia a norma
Em linguagem diferente

"Manifesto Futurista"
De Fillipo Marinetti
É o marco do futurismo,
Na imprensa teve manchetes
Surgiu na Itália, em 9,
E ainda hoje comove
Foi a vanguarda vedete

Falava de aviões
Polifonia urbana, guerra
Um mundo mais agressivo
Onde o verso livre berra
Teve ecos na pintura
E também na escultura
Dos quatro cantos da Terra

Na França, em 16,
Veio ao mundo o dadaísmo
Que era filho da anarquia
Com um certo porralouquismo:
Racional escanteado
Texto todo improvisado
Numa espécie de niilismo

Quando o Marcel Duchamps
Pôs barba na Monalisa
Não quis respeitar o ícone
Rabiscou na cara lisa
Retrabalhou a base pronta
E teve madame tonta
Com o tal do dadaísmo!

Foi Guillaume Apollinaire
Um artista do cubismo
Que na França, em 17,
Cunhou o surrealismo
Antes que venha a amnésia
Era "As Mamas de Tirésias"
Que recebeu o batismo

O surrealismo foca
No papel do inconsciente
Tinha influência de Freud
(Essa sim, bem consciente)
Sem ter medo do medonho
Fosse tara, trauma ou sonho
André Breton, o expoente

Ainda Artaud no teatro
E Buñuel no cinema
Na tinta: Ernst, Magritte
Dali, surreal emblema
Renovar o valor político
Moral e também científico
Em um surreal esquema

CAPÍTULO III – O PRÉ-MODERNISMO NO BRASIL

Nos anos 10 já havia
No Brasil, insatisfação
Crise, greves e protestos
Aumento da inflação
No Nordeste, era o cangaço
No Sudeste, ferro e aço
Nasce a industrialização

1911
Em São Paulo, Oswald de Andrade
Funda o jornal "O Pirralho"
Tirando sarro à vontade:
Românticos, parnasianos
E os rococós lusitanos
Com muita sagacidade

Em 13, a primeira mostra
De arte não-acadêmica
O pintor Lasar Segall
Mostrou a nova sistêmica
Do expressionismo alemão
Mas o lituano, então,
Teve uma atenção anêmica

Era muito preocupado
Com os temas sociais
Fosse a prostituição
Ou o nazismo voraz
Deformações calculadas
Opressões representadas
Temas que eram universais

Ao chegar aqui no Brasil
Já era um bom pintor
Lasar viu novas nuances
Milagres de luz e cor
Que incorpora às criações
Também pintou emoções:
Guerra, sofrimento e dor

Em 14, vem Anita
Malfatti que logo faz
Exposição de pintura
Expressionista e audaz
De repercussão raquítica
Teve uns elogios de crítica
De resto, nada demais

No ano de 17
Na segunda exposição
Aí sim, causa polêmica
E, na crítica, reação:
Lobato com a pena bate
Nos trabalhos de Malfatti
Publica num jornalão:

"Bichados no nascedouro
Frutos de fim de estação"
Ou ainda "paranoia"
E mais: "mistificação"
Estranhava a abordagem:
Uma "estrábica" visagem
Pôs na argumentação

Foi no Estado de S. Paulo
Que saiu o texto do artista
Com o homem do pica-pau
Romperam os modernistas
Teve quadro devolvido
De bengala destruído
Da lavra da gravurista

Marginalizados seres
Anita curtia pintar
Dos centros urbanos vinham
Motivos pra se inspirar
Curtia o mundo real
Fosse feio, bom ou mau
Queria revolucionar

Mas o rio do rancor
No mar nunca que deságua
Anita, anos depois,
Apesar daquela mágoa
Ilustrou com fino trato
Alguns livros do Lobato
Que bebeu da própria água!

Estudou em Nova Iorque
E em Berlim se formou
Foi do pós-impressionismo
No expressionismo passou
Depois curtiu o cubismo
Mitando no modernismo
E obras-primas pintou:

"Tropical", "Uma Estudante"
"O Barco" e "Itanhaém"
"O Homem das Sete Cores"
"O Homem Amarelo" vem
"Rochedos", "Burrinho Correndo"
"Ventania", "O Farol Vendo"
"A Onda" e "Samba" também

Suas obras na Semana
Ao todo: cinquenta e três
Pode se dizer que Anita
Destacou-se com altivez
Teve aquarelas, pinturas
Gravuras, caricaturas
Ali, não faltou freguês

Pois bem, em 14 veio
Ao mundo o livro "Urupês"
Que o Monteiro Lobato
Inspiradamente, fez
Nele, o Jeca Tatu
Um caipira jururu
Chêi de verme e timidez

A aristocracia estranhou
O caipira antirromântico:
Não era viril, selvagem
Sequer entoava um cântico
Preguiçoso e sem sapato
Fazia cocô no mato!
É o Brasil longe do Atlântico

Menotti del Piccia leu
E sacou logo no ato:
Se Monteiro fez o Jeca
Ele fez "Juca Mulato"
17 era o ano
No molde parnasiano
Um brasileiro artefato

Antes, Ronald de Carvalho
Com o português Montalvor
Em 15, lançam revista
Já de importância maior:
A "Orpheu" saiu legal
No Rio e em Portugal
(Lá teve status melhor)

Com "Há uma gota de sangue
em cada poema" estreia
O grande Mário de Andrade
Pra uma tímida plateia
Isso, também em 17
Esse aí pintou o sete
Nas terras da Paulicéia

De origem pobre, Mário
Foi escritor, folclorista
Catedrático na música
Era, também, jornalista
Gravou índios no Sudeste
Quilombolas no Nordeste
Enfim, um completo artista

Manuel Bandeira debuta
Lançando "A Cinza das Horas"
Cassiano Ricardo vem
No raiar da mesma aurora:
"A Flauta de Pã" publica
E a cena ficando rica
Quando ao novo se incorpora

O Maestro Villa Lobos
Já era atração bombada
Pois fundia o popular
A uma base orquestrada
Difundiu o canto orfeônico
Escreveu choros sinfônicos
Construiu sua própria estrada

Carioca de nascença
Ele estudou violoncelo
(Mais para enganar os pais
Em seu mundo paralelo)
Curtia um bom violão
Dos choros, na marcação
Que ele achava muito belo

Nos sons do Brasil profundo
Ele logo mergulhou
Bahia, Espírito Santo
E em Pernambuco andou
Na Amazônia pesquisando
Enfim, foi se apaixonando
E grandes obras legou

Menotti del Piccia disse:
"És um índio de casaca"
O Maestro Heitor gostou
Pois não tinha verve fraca
Sua música erudita
É o Brasil quem lhe dita
E, sendo assim, ele emplaca

CAPÍTULO IV – A SEMANA EM SI

O Governador na época
Era Washington Luís
Que deu respaldo ao evento
Numa decisão feliz
Dessa forma, o barco andou
E o projeto não parou
Revelando outros brasis

Se o Rio era *avant garde*
São Paulo queria ir além!
Não ser mais provinciana
Ser metrópole também
O mitológico evento
Chegava bem a contento
Sem dever nada a ninguém

Comissão Organizadora:
Di e Menotti na dianteira
Convencendo industriais
E a elite cafeeira
A investir no festival
Pois não havia edital
Pra bancar a brincadeira

Era no Automóvel Club
E Theatro Municipal
Onde se vendiam ingressos
Para o público, em geral
Havia um certo *frisson*:
Esse futurismo é bom
Para a arte nacional?

Quem tinha mais condição
Pagavam um preço mais hot
Pois queriam ficar nas frisas
E também nos camarotes
Já para os menos ricões:
Tinham cadeiras e "balcões"
Lá não entrava fracote

E assim, em fevereiro,
"A Semana de 3 dias"
13, 15 e 17
Vaias, tabus e alegria
Segunda, quarta e uma sexta
Com isso o que se pretexta:
Narrar a verdade fria

A partir das 20h30
Músicos, declamadores
Organização, atrizes
Profissionais, amadores
Nas revistas e jornais
O evento lacrou demais
Mais contras que "a favores"

Começando do cartaz
Que se aprontou num instante
O *design* ficou a cargo
Do pintor Di Cavalcanti
(Único, sem ter análogo!)
Fez logo todo catálogo
Num impulso fulminante

Do núcleo dos cariocas
Ronald e Graça Aranha
Villa Lobos e o Bandeira
Estavam nessa campanha
Os demais: núcleo paulista
Alguns saindo em revistas
Vindos da França e Alemanha

Escultores, arquitetos
Pintores e gravuristas
Suas obras no saguão
Ficavam pra serem vistas
Muitas eram admiradas
Outras sendo detestadas
Eis a sina do artista

O escritor Graça Aranha
Falou na inauguração:
Explanou "A Emoção Estética
da Arte Moderna" e então:
Pra uns, ideias malucas
Já outros, abriram as cucas
E não fecharam mais não!

Ronald Carvalho leu
"Os Sapos", que fez Bandeira
Uns entenderam a mensagem
Outros marcaram bobeira:
Zoou com os parnasianos
Com os classicistas decanos
Da cultura brasileira

Guiomar Novaes também foi
Solou muito Debussy
Ernani Braga ao piano:
Foi de Eric Satie
O Fructuoso Vianna
Tocou Villa pros bacanas
E outros que foram ali

Lá havia dois arquitetos
Na incensada ocasião
Estavam já, desde a véspera,
Armando a instalação
Querendo também manchetes
Detalhando suas maquetes
Pra fisgar logo um barão

Garcia Moya, ao ir lá
Ouviu de Mário de Andrade:
"És o Poeta da Pedra"
Pela sua criatividade
Não precisou de atalhos
Lá expôs 18 trabalhos
E fez mansões na cidade

Nascido lá na Espanha
Veio pro Brasil guri
Misturou o traço andaluz
À decoração tupi
Moya é pouco estudado
Tinha estilo inusitado
Destacou-se por aqui

O outro arquiteto era
Georg Przyrembel
Polonês que aqui chegou
Diplomado e com anel
"Colonial afrancesado"
Assim que foi rotulado
Pelo crítico cruel

"Taperinha da Praia Grande"
O nome era bem direto:
Uma casa de veraneio
De Georg era o objeto
Fazia mais a linha eclética
Sendo essa sua estética
Depois fez outros projetos

Também na programação:
"Manifestação Teatral"
Eugênia Moreyra era
A responsável por tal
Avançada, feminista
Jornalista e ativista
Era, sim, fenomenal

Após terminar a Semana
Fez um projeto, sem medo
Montar os textos modernistas
No "Teatro de Brinquedo"
Junto com o marido ia
Interior, periferia
Encenando seus enredos

Além de Anita e Di
Vicente Rêgo Monteiro
John Graz, Oswaldo Goeldi
Alberto Martins Ribeiro
E Inácio Costa Ferreira
Eis a cromática feira
Com os pintores brasileiros

Agora, os escultores
Eu vou listar pra você:
Hildegardo Leão Veloso
E o Victor Brecheret
Além de Wilhelm Haarberg
A escultura é um iceberg
Que nunca vai derreter!

Villa no primeiro dia:
"Segunda Sonata" e avante
Veio o "Segundo Trio"
"Valsa Mística" e "Rondante"
"A Fiandeira", em penúltimo,
"Danças Africanas" em último
Foi aplaudido bastante

No segundo dia, então
Uma treta se orquestrava
O Seu Lobos foi vaiado
Quem viu, não acreditava:
Gritaram que era gaiato!
(Um pé tava no sapato
Outro na sandália estava)

Quando a batuta parou
Berraram lá, de estalo:
"Esse futurismo é doido!"
Se esgoelaram até o talo
Na imprensa um tititi
Os formais num mimimi
A sandália era pro calo

Também causou estranhamento
Um guarda-chuva ele usar
Em um teatro com teto
Nem goteira tinha lá
De certo maldaram um pouco:
Villa Lobos é um louco
Quer a roda reinventar

"O Ginete do Pierrozinho"
No dia 15 iniciou
Depois "O Festim Pagão"
E "Solidão" se escutou
"Cascavel" depois "Terceiro"
"Quarteto" soou maneiro
Com essa, Villa encerrou

No último dia tocou
"Terceiro Trio" de primeira
Na sequência, "Historietas"
"Camponesa Cantadeira"
Veio "Num berço encantado"
Com "Dança Infernal" do lado
E "Quatour" por derradeira

Mário de Andrade, ao falar,
No palco já não se ouvia
A turba, ensandecida,
Xingava e o ofendia
Quanto mais versos falava
Mais a cólera emanava
Foi uma tremenda agonia

Também, pudera, o escritor
Declamou "Ode ao Burguês"
Sendo que, no gargarejo,
Já tinha uns 46
Ele, então, por dentro ria
Em deleite enquanto lia
Num perfeito português

Ainda no mesmo evento
O Mário inovaria
No Theatro, a conferência
Ele fez na escadaria
O povo veio com tudo
Só palavrão cabeludo
Da turba era o que se ouvia

Também foi Oswald de Andrade
Da mesma forma tratado
Ouviu muita gozação
Quando foi ler "Os Condenados"
E "A Estrela do Absinto"
Ambos eram do distinto
Foi, duplamente, vaiado

CAPÍTULO V – CONSEQUÊNCIAS SEMANAIS

Nada no mundo acontece
Sem que haja consequência
Criticaram os artistas
Com uma verbal virulência
"São uns doentes mentais!"
"São loucos!" e "Anormais!"
Sem ter nenhuma clemência

Sim, o *happening* chocou
Nichos da população
Pais não queriam seus filhos
Pegando aquela visão
Sobre esses polemistas
Que a arte academicista
Mandavam para o porão

Pra Di, a semana foi
"De escândalos literários
E artísticos" indo além:
Formou novo imaginário
Abalou pontos-de-vista
"Da burguesiazinha paulista"
Gerando um novo cenário

A poesia, por sua vez,
Rompeu o grilhão que havia
De uma métrica perfeita
Do Parnaso, alegoria
A rima se alforriou
(Mesmo assim, aqui estou)
Da engessada harmonia

A palavra podia ser
Muito mais do que se pensa:
Letras de vários tamanhos
Dentro da mesma sentença
Se até o meio era minúscula
Do *mêi* pra frente maiúscula
Não fazia diferença

E o pincel deslizando
Fazia a festa das cores
Fosse paisagem, retrato
Lombras, delírios, amores
Azul, laranja, amarelo
O que é o feio? O que é o belo?
Nova estética e valores

Esculturas, sim, podiam
Ter sua feição distorcida
Pra representar a alma
Que por dentro era ferida
Romperam-se os padrões
E a régua das proporções
Enfim, era derretida

Na prosa, agora se tinha
Liberdade de narrar
Com uma linguagem mais simples
Visando descomplicar
Pontuações diferentes
Negando as velhas correntes
Em um novo enunciar

Ouvidos se adaptaram
Às experiências sônicas:
Cantores acompanhados
Pelas orquestras sinfônicas
E o som dos "sem-cultura"
Foi parar na partitura
Em roupagem polifônica

CAPÍTULO VI – DESDOBRAMENTOS SEMANÍSTICOS

Ao fim da Semana mágica
Vieram outros movimentos
No Brasil, publicações
Retratam o desdobramento
Houve, também, manifestos
E outros nativos gestos
Discretos ou barulhentos

Revistas: "Klaxon" e "Estética"
Todo intelectual lia
"Terra Roxa", "Outras terras"
E "de Antropofagia"
De tiragens bem modestas
Penetravam pelas frestas
Nos salões da burguesia

Movimentos: "Pau Brasil"
Depois o "Verde-Amarelo"
"Movimento Antropofágico"
Foi um importante libelo
Pra figurar nessa lista
Inclua o "Regionalista"
Que é o último elo

Sobre estes mesmos libelos
Redigidos com requinte:
Todos foram deflagrados
Lá na década de 20
Enfim, a brasilidade
Ganhava notoriedade
Vide as gerações seguintes

Tarsila e Oswald de Andrade
Formaram um par bem mágico
Dessa união foi gestado
"Movimento Antropofágico"
Ela pintou "Abaporu"
Ele casou com Pagu
E era bem verborrágico

Patrícia Rehder Galvão
A Pagu que aí se lista
Escritora, tradutora
Poetisa e desenhista
Teve 23 prisões
Por desafiar padrões
Militante comunista

O "Tupy or not tupy"
Foi Oswald que escreveu
Um dilema identitário
Que ele, assim, resolveu
O nativismo deglute
O estrangeiro em gut-gut
Novo produto se deu

Também estruturar a cultura
Num caráter nacional
Reciclar influência externa
(Pois só copiar faz mal):
Tudo, enfim, foi digerido
Gerando outro sentido
Modernismo tropical

(Por falar em tropical
O Tropicalismo vem
Caetano, Gil, Gal, Duprat
Tom Zé, Mutantes, meu bem
É Beatles com Gonzagão
O *rock'n'roll* com baião
Sem purismo de ninguém)

"Paulicéia Desvairada"
O modernismo inaugura
É uma antologia de contos
Marco da literatura
Foi lançado em 22
(Não na semana, depois)
Um clássico que perdura

O próprio Mário de Andrade
Seu trabalho definia:
Como "áspero de insulto
Gargalhante de ironia"
Nele tem "Ode ao Burguês"
Que é citado toda vez
Que se zoa a burguesia

CAPÍTULO VII – LENDAS E LEGADOS DA 2ª GERAÇÃO MODERNISTA

A 2ª Geração
Do chamado modernismo
Consolida a ruptura
Com os antigos modismos
O período é conturbado
A Bolsa tinha quebrado
E em 30 vem o golpismo

Aparece a Era Vargas
Que durou década e meia
Com um órgão de censura
Que tortura e que chateia
República Velha, tchau
Acabou-se o mingau
Artista ousado: cadeia!

Com isso, velhos políticos
Ficam fritando no azeite
Acabou a tabelinha
Do Brasil café-com-leite
São Paulo – Minas Gerais
A dobradinha mordaz
"Democrático" confeite

A audácia modernista
Gestou as transformações
Na tradição literária
Hoje há três gerações
Até o momento atual
É um tesouro nacional
Que incorpora inovações

A angústia do ser humano
Entra aí, bem em destaque
Amor, riso, reflexão
Em um poético saque
Sim, o mundo interior
Agora é um polo emissor
De defesa e de ataque

Em 30, "Alguma Poesia"
De Carlos Drummond de Andrade
Demarca uma nova fase
De intensa atividade:
A 2ª Geração
Traz a consolidação
Dessa tal modernidade

Sua poesia reflete
O mundo que sofre e erra
Seja a atualidade
Guerra Fria ou qualquer guerra
Quer ver como a verve é?
Leia "E agora, José?"
Itabira é sua terra

Já Murilo Mendes herda
Do primeiro modernismo
Forte identificação
Com o europeu surrealismo
Fez seus poemas-piadas
Pôs sátiras na jogada
Lição do antropofagismo

Também em 30 "Poemas"
Ganha o prêmio Graça Aranha
Mendes é reconhecido
Ao realizar a façanha
Fez poesia religiosa
Social e poderosa
Rimando com artimanha

Jorge de Lima era o "*prinspe*
Dus pueta alagoanos"
Fez poemas sociais
Religiosos, humanos
Denuncia desigualdades
Do sistema e suas maldades
Foi também parnasiano

Flerta com o catolicismo
Popular e nordestino
Nesse sentido, faz versos
Usando bom senso e tino
Foi político, ensaísta
Médico e romancista
Versava desde menino

Na poesia intimista
Com verve introspectiva
Cecília Meireles é
De longe, a mais inventiva
No campo da psiquê
Quem nunca leu tem que ler
Sua observação ativa

Ela entrou no modernismo
Em 39 e, ligeiro,
Com "Viagem" é premiada
Fez também "O Romanceiro
Da Inconfidência" que, sim,
É o melhor livro, pra mim,
Do movimento mineiro

Vinicius de Morais é
Gigante da geração
Falou do amor e da carne
Com sensual moderação
Da alegria e da tristeza
Da feiura e da beleza
Da mente e do coração

Fez sonetos, versos livres
Decassílabo, improviso
Escreveu pra Bossa Nova
Com um lirismo preciso
Grande da poesia de 30
Difícil que alguém não sinta
O seu versejar conciso

A seca devora os campos
E permeia a psiquê
Motiva os deslocamentos
Do que o leitor agora vê
O jagunço e o Nordeste
Mundanismo do Sudeste
É, agora, o que se lê

Nesta geração segunda
Neorrealismo sarcástico
Regional e tormentoso
Que também tem um tom drástico
Nela, as intempéries são
Junto com a exploração
Ingredientes fantásticos

José Américo de Almeida
Do regional, precursor
Com “A Bagaceira”, em prosa,
Traça um marco divisor
28 foi o ano
Que o autor paraibano
O seu livro publicou

Já Graciliano Ramos
Conta histórias sem igual
Dizia que qualquer romance
Era sempre social
Foi preso e trancafiado
De comunista acusado
Por narrar o mundo real

Fez "Caetés", "Vidas Secas"
Com incomum realismo
Vem as "Memórias do Cárcere":
Denúncia e regionalismo
Seu "São Bernardo" abriu portas
Também escreveu "Linhas Tortas"
Recheado de lirismo

Raquel de Queiroz que foi
Primeira mulher que entrou
Na Academia de Letras
E imortal se tornou
Na infância o Ceará se cinze
Adulta, publica "O Quinze"
Que a seca eternizou

Usa um discurso direto
Raquel tem a prosa intensa
Usando linguagem simples
Faz-se clara no que pensa
Tinha consciência crítica
Também foi presa política
E apresentações, dispensa

José Lins do Rêgo só
Escrevia com empenho
Sua especialidade era
Os romances de engenho
Falou do cangaceirismo
Do católico misticismo
Com exemplar desempenho

Fez "Menino de Engenho"
"Doidinho", "Usina", "Banguê"
"Pedra Bonita", "Água Mãe"
"Fogo Morto" é bom de ler
Tem "Ricardo" e tem "Pureza"
"Riacho Dôce" é beleza
"Eurídice" eu vou reler

O baiano Jorge Amado
Teve sucesso incomum
Fez 49 livros
Começou em 31
Com "País do Carnaval"
Engajado e regional
Fugiu do lugar comum

Foi preso, livros queimados
Mostrou o cacau pro mundo
Já na crítica de costumes
Sensualismo num segundo:
As ruas de Salvador
O candomblé, com amor
E o naturalismo ao fundo

Tem o Érico Veríssimo:
"Caminhos Cruzados", "Clarissa"
"Olhai os Lírios do Campo"
Só não lê quem tem preguiça
"Noite" foi bem no estrangeiro
Teve "Saga" e "O Prisioneiro"
Gaúcho, sem verve omissa

Censurado por Getúlio
Teve problemas com o clero
Fez “Incidente em Antares”
“Um Lugar ao Sol” eu quero
Se falar “O Tempo e o Vento”
Suspiro por um momento
“A Sonata” li com esmero

CAPÍTULO VIII – LENDAS E LEGADOS DA 3ª GERAÇÃO MODERNISTA

A poesia modernista
Da 3ª Geração
Vai muito pelo equilíbrio
Não é só intuição
Voltam a primar pela forma
E, assim, obedecem normas
Com uma real devoção

É uma etapa singular
Tem seu subjetivismo
Com características próprias
E peculiar lirismo
Foi a geração mais calma
De mais paz dentro da alma
Cultuando o passadismo

Ao fim da 2ª Guerra
Esta fase tem início
Tinha caído o Estado Novo
Ditadura era o estrupício
Vargas sai desse cenário
E um novo imaginário
Brota, assim, nesse interstício

Apresenta em seu escopo
Ficção experimental
Volta ao academicismo
Regional & universal
Pra uns vai até 80
Pra outros, fim dos 60
Tem temática social

Com realismo fantástico
Ela valoriza a métrica
Parnasiana e simbolista
Retomam a bula estética
Mas com inovações linguísticas
E também metalinguísticas
Dentro da nova poética

A linguagem: objetiva
A abordagem: mais mundana
A prosa subdivide-se
Começando pela humana
Depois a regionalista
E também a intimista
Completando o panorama

A prosa urbana reflete
Cotidiano da cidade
Caos, desorientação
Ou a inutilidade
O céu cheio de fumaça
E o povo que lota a praça
Com pouca fraternidade

A prosa regionalista
Já foca o mundo rural
E os conflitos agrários
Que enfrenta o "capiau"
Também o comportamento
O ambiente é, no momento,
Extensão do social

A prosa intimista era
Subjetiva, em essência,
Os temas humanos tão
Bem na flor da consciência
Já não há relação lógica
Posto que é psicológica
Fica a razão em latência

João Cabral de Melo Neto
Era o "poeta engenheiro"
Pelo grande rigor estético
Que tinha como companheiro
Exatidão, sua sina
"Morte e Vida Severina"
Conquistou o Brasil inteiro

Esse recifense era
No início, surrealista
Depois, ficou cerebral
E apenas realista
Praticava um cordelismo
Cultuava o formalismo
Com sagaz ponto de vista

Clarice Lispector era
Boa em prosa e poesia
Sempre falando pra alma
Nessa pisada ela ia
Traduzida pelo mundo
Narrando um eu profundo
Que chega a dar agonia

A sua obra é repleta
De cenas cotidianas
Nuances psicológicas
E o conflito que emana
Vem do mundo interior
Que descreve com furor
Em detalhes, filigranas

João Guimarães Rosa é
Dos maiores do Brasil
Suas obras tem no sertão
Mais que um cenário: um perfil
Tem viés sociológico
Histórico, antropológico
Daquele mundo bravio

Escreveu "Corpo de Baile"
E com "Sagarana" vem
Seu "Grande Sertão: Veredas"
Sozinho, vale por cem
Foi diplomata e contista
Médico e novelista
Acadêmico também

Ariano Suassuna
Foi muito mais que escritor
Da cultura brasileira
Era um fiel defensor
Criticava estrangeirismos
Principalmente, anglicismos
Sendo, destes, detrator

Misturava com maestria
A linguagem popular
Com um certo eruditismo
Gostava de declamar
"Auto da Compadecida"
Sua obra mais conhecida
Muitos gostam de encenar

Lygia Fagundes Telles
Vem com contos e poesias
Sempre com introspecção
Em muito do que escrevia
Também publicou romances
Explorando essas nuances
E haja psicologia...

Vem a "Ciranda de Pedra"
Depois o "Verão no Aquário"
E "Antes do Baile Verde"
"As Meninas" sai do armário
Em "As Horas Nuas" a autora
Mostra ser merecedora
Do Olimpo literário

100 anos de modernismo
Enfim, é reflexão
É olhar para o Brasil
E lhe estender a mão
Aceitar a diversidade
E olhá-la, de verdade,
Com amor no coração

Ainda hoje ecoa
O brado antropofágico:
Índio, negro, português
São nossos pilares mágicos
Brasileiro substrato
Industrial artesanato
O alegre dentro do trágico

■ primeira edição
■ outubro de 2021